거푸집의 국적

황정산 시집

상상인 기획시선 *5*

•본문 페이지에서 한 연이 첫 번째 행에서 시작될 때에는 〈 표기를 합니다.
•저자의 의도에 따라 작품의 보조 동사와 합성 명사는 띄어쓰기가 달라질 수
있습니다.

거푸집의 국적

시인의 말

모든 말은 원래 동사였다
움직이는 것들이 굳어 명사가 된다
아직 굳지 못한 기억
동사로 남아 꿈틀댄다

⊗ 차례

블랙맘바   19

반타 블랙   20

블랙 미러   22

코드 블랙   24

블랙아웃   26

블랙호크   28

투명한 블랙   30

블랙 백팩을 멘 남자   32

블루블랙   34

블랙 아이스   35

2부 시인 시점

3부 어처구니의 행방

4부 불량한 시

5부 동사들

1부

블랙

블랙맘바

돈다발 사이에서 너를 만났다
악당 빌을 죽이는 영화에서였다
뱀을 좋아하던 시절이었다
권법보다 칼보다 더 민첩하고 예리하게
눈먼 것들을 죽이고 있었다

주)
블랙맘바는 아프리카에 사는 독사이다
맹독을 가진 이 뱀은 아주 빠르기도 해서
치타를 뒤쫓아가 물어 죽인다고 한다
아프리카 사자의 개체수가 줄어든 것도 이 뱀 때문이
라고 한다
하지만 학계에 보고된 사실은 아직 없다

코끼리를 물어 죽이고 먹지 않는
정의를 위해서 눈을 어둡게 칠한
검은 입속에 희생자의 공포를 감춘
우리는 모두
잽싸거나 치명적이거나

반타 블랙

튜브를 건너지 못하는
파동이거나 입자이거나
구김이 없으니 얼굴이 없다
빛난 적 없으니 색깔도 없다

동사로 존재했을 이름은
움직임을 잃고 부사로 남고
부끄러운 서명은 지워지고
두려운 음각의 혼적마저 사라졌다

옐로우는 마젠타와 함께 잘 구운 살갗을 만들고
시안은 옐로우와 섞여 휴식을 가장하지만
짜장면이 자장을 지우지 못하듯
잉여가 잉여를 없애지 못하고
이름은 이름을 대신하지 못한다
구멍이 구멍이 아니어도
모래는 모래가 아닌 모래가 하나도 없다

바람이 호명하고
풀잎이 지명하는

완벽한 블랙리스트
우리

블랙 미러

다음 말들은 시가 아니다
광대가 사라진 이후
애초에 시는 없다

검은 거울을 보지만
아무도 불투명한 자신을 보려 애쓰지 않는다
어두운 화면을 깨면 타인들이 보인다
뚜렷하고 확실하다
거기에는 능선의 위태로운 경계도 없고
구역을 합쳐 흐르는 강물의 애매함도 없다
커다란 벽만 단단하게 서 있다
그 벽에 들어가기 위해 모두 벽돌을 든다
벽을 만들거나 누군가를 내리치기 위해서다
그러다 스스로 벽돌이 된다
벽돌은 그렇게 만들어지고
장벽은 튼튼해진다
그 안에서 우리들은 레토르트 포장지에 숨어
자신을 정화한다
무균 상태의 무익한 식품이 되고
도덕적이고 정의로운 상품으로 팔릴 수 있다

그렇게 다시 돼지가 되는 것을 피하거나
아니면 숨어 사는 괴물이 된다

이것은 거울이 아니다
그렇다고 진실도 아니다
그냥 벽돌이다

코드 블랙

떼로 오는 것들은 아름답다
별들이어도
박쥐여도
어지럽히고 냄새나는 것들이어도
몰려와 철책을 붙잡는 검은 손들마저도
아름답다

그들은 시간을 건너 살아가기에
머물러 울타리를 만들지 않고
그곳과 이곳을 나누지 않으므로
누구도 너라 함부로 부르지 않는다

언제나 그들의 시선에 의해
높은 담장 안의 마른나무와 썩은 풀들은
있음이 증명되고
우리가 우리라는 사실은
그들의 발자국에 따라 항상 의심된다

까맣게 떼 지어 오는 것들은 까만 것이 아니다
호명되지 못한 꽃들

읽히지 않은 편지들
우리가 없는 곳의 우리들이다

블랙아웃

기억이 안 난다고?
그럼 어때
우리는 아무도 기억해 주지 않는 기억만 붙잡고 있는데
캄캄함이 일시에 밀려온다고?
눈 감고 손들고 있었던 기억이 아직 생생하잖아

블랙은 아직 오지 않는 것
혹은 원래 빈자리
그것도 아니라면 빈자리를 미리 지우는 것
가기로 했던 길을 가지 않아
풀들로 지우고
함께 먹기로 했던 음식을
흠향으로 지우고
써야 할 글들을
이미 썼던 글자들로 천천히 역순으로 지우고
그래도 남아 있는 독한 것들의 그림자
아무것도 아닌 모든 것의 음부

기억한다고?
그게 뭐야, 결국 까만 점이 되는 흔적 정도

어둠은 곧 사라진다고?
아니라니까 원래 다 블랙이었어

블랙호크[*]

배달 오토바이 한 대 서 있다
그 옆에 한 청년 앉아 있다
벤치를 두고 땅바닥에 내려와 있다
깊이 가라앉아 하늘을 본다

핸들 위에 잠자리 한 마리
하늘을 배경으로 앉아 있다
앉아서도 날개를 접지 않는다
날개를 얹은 헬리콥터 한 대 거기 있다
언제가 읽은 기억이 떠오른다

검은 매의 깃털을 꽂은 추장은
계속된 패배 속에서 위대해졌다
추장이 옆모습만 보여주는 것은
쫓기거나 날고 있기 때문이다

청년 허리를 펴고
날개가 떠난 기체에 시동을 건다
멀리서 아주 멀리서
풍선 하나 아이의 손을 떠나고 있다

* 블랙호크: 북아메리카 인디언 소크족 추장이다. 백인들에게 저항하다 그의 이름에서 생긴 '블랙호크 전쟁'을 일으키고 패하고 만다. 아이러니하게도 미 육군은 공격용 헬기인 UH-60에 그의 이름을 붙였다.

투명한 블랙

원래 다 투명했었다
내가 처음 쥐었던 연필도
누군가 사줬던 크레파스, 옆집 친구의 20색 일제 사인펜,
선물 받았다 잃어버린 파카 만년필도
블루블랙 그 잉크도
모두가 투명했었다

얼룩이어도 투명했고 글자여도 투명했다
아주 오래 투명했고 조금씩 조금씩 투명했다
모니터는 일시에 더욱 투명하다
글자가 글자를 지우고
내 손가락이 내 손가락을 없애고
글자는 얼룩으로 남거나 화면 속으로 사라진다

아주 무서운 꿈을 꾼다
내가 쓴 글자가 불어나 커지는 꿈이다
시인 모임에 가서
꽃을 든 남자를 본다
누군가 쓴 글자들이 번져 시인이 되고 상을 받는다
모두 미친 듯이 투명한 맥주를 마신다

서둘러 도망 와
그 자라나는 얼룩을 지우기 위해
글자를 쓴다
한없이 투명한 블랙으로

블랙 백팩을 멘 남자

잠시 검문을 하고 싶다
그가 벗지 못한 저 짐은 무엇일까?

아이를 위한 동화책
선물 가게에서 산 곰 인형
불량함이 묻지 않은 정갈한 속옷

아닐 거야
그날을 위해 준비한 파란 약 두 알
품고 다니고 싶은 쉼보르스카 시집
다 읽지 못한 초현실주의 선언

그런 건 아닐 거야
서류가 담긴 무거운 구형 노트북
그것의 두툼한 충전기와 밧줄 같은 긴 코드
혹시 몰라 챙긴 보조 배터리
샌드위치 한 조각, 요구르트 한 병
컵라면도 하나

한 남자 신발코에 떨어진

성분 미상의 하얀 얼룩을 어쩌지 못하고
무거운 풍선에 매달려 간다

블루블랙

새까만 푸른 시절 월담을 하다
고개 돌려 보았던 색
초록을 칠했다가
맞거나 손을 더럽힌 채
벗어나고 싶었던
그 단단한 출석부의 색
끝없이 덧칠되어 사라지지 않는
지우다 모두가 지워지는
다들 쓰지만 누구도 쓴 적이 없는
고개를 흔들어도
하얀 마스크로 얼굴을 가려도
보이는 색
가방을 멘 사람들이 벗지 않는 색
오늘 내가 보고 있는 색
나를 보는 색
결국 내가 썼던
글자들의 색
모든 빛이 만들었다는 색
그래서 색이 없는 색
검고 슬픈
그 색

블랙 아이스

모습을 감출 때
수많은 거시기들이 하나의 거시기가 되고
없다는 것을 증명하지 못하는
없는 것들 속에서,
옷을 벗다가 수그러드는
바로 그 거시기처럼
나는 내 자신의 환유가 되고
내 글이 누군가에 의해 버려지고
버려진 것들 위에 나는 다시 쓰고
쓴다는 것만이 엄연하고
써진 것들은 부재의 표식이 되고
나는 누군가의 없음을 딛고 서 있거나
내 자신이 거시기가 되고
발아래를 보지 못하는 나는
아니 모든 거시기들은
오늘도 실패하거나 엎어지고
더러 몇 사람들은 얼굴을 감추며
거꾸로 된 은유를 받아들이고
그렇게 조심스럽게 하루를 지나고
그래도 보이지 않거나 사라지고

2부

시인 시점

삼인칭 주인공 시인 시점

시인에서 근무하고 서울에 사는
그는 밖에서 살 수 없어 들어왔다

나는 살아 있다는 말로 생각하는 그는 말로 살아 있
다고 생각하는 나이기도 하다 그는 기생충을 혐오하면
서 정의에 기생하고 증오로 사이가 벌어진 다리를 오므
려 고병원성 바이러스의 감염을 예방한다 오염된 환경을
정화하러 청송에 가고 어두운 안티 힐링의 사진을 보다
사진 속의 여인 얼굴에 빨간 점을 찍는다 아이들을 가
르치고 상을 심사하고 술상을 차리다 문득 어머니를 놔
두고 왔음을 기억한다고 말하는 그는 그것을 기록한다

빅데이터에는 플롯이 없고
그래서 이야기를 쓸 수 없는 그는
삼인칭 주인공으로 살아남는다

다 안에서의 일이다

전지적 시인 시점

페북facebook을 한다
라고 말하고 본다
보기는 쓰기로 보인다

엘 시인은 또 아름답지 않은 술상 앞에 있다
그리고 미학에 대해 쓴다
그의 영광은 항상 이런 데서 보인다
제이 시인은 오늘도 분주하다
해야 할 일과 하고 싶은 일과
해서는 안 될 일들이 빼곡하다
그의 DB의 순도에 대해 말할 수는 없다
기쁨과 덕망을 떠올리는 알 시인은
언제나처럼 늠름을 가장하지만
그래서일까 그의 내밀을 농담으로라도 볼 수는 없다
또 다른 알 시인은 오늘도
천 개의 손을 나뭇잎처럼 매달고 있다
가려진 그의 뿌리는 알 수 없다
진지한 에이치 시인은 생태적으로 규율을 거부하나
생래적 관성은 남아 있다고
누구도 말하지 않는다

〈
보이는 것이 쓰기로 하기가 된다고
라고 말하는 곳에서
뜨거운 기계는 디바이스가 된다
또는 그 반대이기도 하다

이인칭 메타적 독자 시점

편지를 보고 있는 나를 그가 되어 바라보는 것은 에이젠시테인 이후의 일이지만 이제는 이미 옛날 일이어서 나를 그라 부르지 않는 그들이 나의 글을 읽지 않고 너라 말하는 일이 많아 나는 문을 닫지 않고 읽기를 계속하는 그가 되고 있어 너가 아닌 나는 "새로운 시선 변화의 부담을 덜고 더 유익한 경험을 할 수 있도록 비밀에 딱 맞는 지원과 가이드, 도구를 찾아"가는 그가 되는 너로 바뀌는 나를 읽는다

* 메타에서 온 홍보문구를 의도적으로 오독한 문장.

null

사태는 이렇게 진행된다
증명은 있으나 증명하지 않기
행복이나 분노를 숫자로 말하기
만 가지 단어로 한 가지만 말하기
그의 이름으로 나를 입력하기

반대로 평온은 이런 것이다
누군가를 핫싼이나 자스민이라 부르기
그들이 만든 식탁 의자에 앉아 그들이 캐낸 콜라비를
깎기
그리고 파리 근교의 포도원을 생각하기
그들의 이름을 입력하지 않기

없음이 확인되지 않아 알고리즘을 비껴가는
그래서 어떤 로직에서도 입력값이 없는
우리는 오늘도
노래를 부르거나 주먹을 쥐거나

길들일 수 없는

여우는 말했다

"내가 너를 길들이면 너는 리본으로 장식한 아름다운
암소가 되지
　네가 나를 길들이면 너는 필요한 하나의 나사를 얻는
거야
　우리는 함께 무한궤도에 올라앉아 석양을 보며
　감각을 지우고 장미를 사랑하면 돼

　시간이 없어
　내가 너를 길들이지 못하면
　너는 무덤을 찾아 헤매는 늙은 코끼리가 되거나
　깃털 뽑힌 독수리로 남아
　눈만 살아 있어야 해"

　여우보다 먼저 탁노˙의 그림을 본다
　순치되지 않은 색들이
　길들일 수 없는 죽음을 보여주고 있다

　여우는 다시 말한다

〈

"아직 시간은 남아 있어
네가 나를 길들이지 않아 난 달리고 있고
내가 너를 길들이는 동안
너는 이른 저녁의 박명 속으로
수없이 사라져 돌아오지 않고 있는 거야"

* 탁노: 주로 야생성을 주제로 그림을 그리는 현역 화가.

허수아비 때리기

한 사람이 옷을 입고 서 있다 자세히 보면 옷을 들고 서 있다 그가 입은 것이 바로 그이기도 하다 하지만 아무도 그를 옷이라 부르지는 않는다 하늘을 나는 새들이 아니라, 그에게 총을 쏘고 돌팔매를 던지는 사람들이 그를 세우고 옷을 입힌다 그래서 아무도 그를 믿지 않는다 그를 세운 사람들은 다시 옷을 입고 두 팔을 벌려 환대하는 또 다른 그들이 되기도 한다 사람들이 손가락으로 가리키는 곳에 사람이었던 사람이 걸음을 멈춘다 결국 그는 그가 없었던 곳으로 돌아가지 못한다

들판에 누군가 서 있다
나는 것들이 벗어놓은 무게를 그가 걸치고 있다
모든 것을 맞으며 서 있지만
그가 벌린 두 팔에 안기는 것은 없다
밟고 선 그림자 발을 감춘다

허수아비가 서 있다 한 사람이 그 아래 눕는다

논리학 연습

이제 독한 시는 없다

독한 말은 떠도는데
독한 시가 보이지 않는 이유는
독한 시를 쓰던 이들이
죽거나 퇴출되거나 회개해 새사람이 되었기
때문만은 아니고
알맞게 친환경적이어서 슴슴해지거나
요령껏 윤리적이어서 심심하거나
적당히 정치적으로 올바르게 시시할 뿐인
선생님들의 가르침 때문이라 말하기도 하지만
술이 순해진 까닭과
고추의 소비가 준 이유와 같은 것이므로
코모도처럼 머리를 흔들고 뒤뚱거리며 걷다가
침을 발라 세상을 썩게 만들어
독이 필요 없어졌다고 말하는 것은 충분한 것이 아니다

고로 시는 독해야 한다

우물에 독 풀기

방울을 울리던 당나귀는 병이 들고
바람은 나무 잎새를 흔들지 못하고
우물 속을 흐르던 달도 구름도
지워지고 없다

몇 개의 말들만이 떠돈다
사이비는 사이버가 되고
배신자는 메신저가 되며
사이버가 배신자가 되거나
메신저가 사이비가 되기도 한다
희망은 그렇게 만들어진다

사탄이 있어 신이 추앙받는 사이
시인들이 피운 장미꽃잎 아래
몸을 숨긴 사람들 장벽 너머를 보고 있지만
날아가는 새들마저 징후를 감추고
아무도 돌멩이를 들지 않는다

오컴의 면도날

그것이 없었다면
누구라도 그라면
나조차 아니라면
너의 죽음이라면
아니 살아있다면
시간이 있었다면
오지만 않았다면
기다림을 안다면
생각을 버린다면
그 말들은 없었다
한 사람이 고개를 흔들며
상상의 깃털을 잘라내고 있다
확신은 너의 것

어려운 시

시가 어렵다고?
그래서 외면받는다고?

일단 쉬운 문제를 풀어봐
세 명의 사형수가 있었어 간수가 이들에게 문제를 냈
지 답을 맞추면 풀어주고 틀리면 사형을 집행하는 조건
을 달았지 구름 모양 모자 3개와 꽃 모양 모자 2개가
있는데 눈을 감게 하고 세 사람에게 모자를 씌웠지 그
런 다음 다른 두 사람이 쓴 모자를 보고 자기가 쓴 모
자의 모양을 맞추게 했어 사형수 1은 한참을 생각하다
모른다고 답했어 사형수 2도 오래 고민하다 역시 모르
겠다고 했지 오답을 말하고 죽기보다는 포기하고 감옥
에서라도 조금 더 사는 것을 택한 거지 그런데 앞을 볼
수 없는 장님인 사형수 3은 자신이 맞출 수 있다고 하
면서 정말 자기가 쓴 모자의 모양을 맞추는 거야 그는
보지도 않고 어떻게 답을 찾을 수 있었을까?

어렵다고? 그래도 애써 문제를 푸는 동안 그들이 쓴
모자는 실제로 구름과 꽃이 되고 그들이 꿈꾼 자유는
더 간절해지지 않아? 보이지 않는 것들은 이렇게 보이게

되는 거야

클릭 한 번이면 되는 쉬운 세상에 시가 어려워지고 있
다고?
아니야 쉬운 것은 없어
만약 있다면 그것은 들추기 힘든 모자 밑에 감춰져
있어

그래서 답이 뭐냐고?
어려운 시를 읽듯 다시 천천히 생각해 봐
쉽지는 않아

생태적인 아주 생태적인

생태시를 읽는다 힘들여 읽지 않고 그냥 읽는다 이제 눈이 어두워 출력을 해 본다 시안과 옐로우가 부족해서 글자는 모두 마젠타로 물들어 있다 시안과 옐로우를 주입한다 내 손은 그린으로 물든다 생태적인 그린을 채우고 세상은 다시 검은 글자가 된다

후배의 전화를 받는다 같은 대학 출신 문인 모임이 있다고 한다 와서 정신주의로 뭉쳐 문학을 사회화하고 자연을 생태화하자고 한다 선약이 있어 못 간다고 한다 하지만 사실 나는 이런 말을 하고 싶은 것이다 굶어도 풀은 안 먹는다고 하면서 어째서 떼거리를 지어야 목숨을 부지하는 초식동물이 되려고 하느냐고 고양이도 떼를 지어 사냥을 하지 않는데 들개나 하이에나처럼 무리를 지어 호랑이가 사냥에 나선다면 과연 생태적이냐고 욕망이 폭력이 되지 않는 세상이 얼마나 아슬아슬한 것이냐고

생태시에 대한 글을 쓴다 힘들지만 그냥 쓴다 나무를 베어 수액을 핥아보고 꽃을 꺾어 냄새를 맡는다 세상이 모두 쓰러진 나무와 흩날리는 꽃잎 천지다 내 글자가

하나도 들어설 틈이 없다 생태적이고 아주 생태적인 꽉
찬 빈 여백만 남는다 결국 채우지 못한다

비문非文들

그 사람은 영화를 좋아하고
나는 회사원이다
새벽이 오는 모습은
별이 없다
장관의 발표는 복지 증진과 실업률이
완만히 급감했다
그녀는 꽃이 피기 전에
사랑하기도 하고 사기도 한다
검은 고양이 한 마리
문설주 위에 잠들어 있다
그 교수는 그 판사를
석궁으로 죽이지 않았다
모든 것들이 안 만들어져
사라진다

말은 말이 되지 않고
말이 말은 된다

논 트로포

거기에는 없다
견치석犬齒石을 쌓은 성벽 안에도
그 촘촘한 틈새 사이에도
멀리 들리는 쇳소리의 은은함에도

그때도 없었다
총소리와 함께하는 종소리에도
내밀던 가죽 장갑 속의 하얀 손에도
밑줄을 긋고 스티커를 붙이는
더러워진 손톱 밑에도
그 지도 안에도

어디에도 없다
마스크를 쓴 어두운 얼굴들에도
그들의 서두르는 발걸음에도
서로를 힐끔거리는 짧은 시선에도

철새 떼가 노을을 지우며
하늘을 건널 때
넘치는 것들만이 아직 남아
너머를 잊고 있다

3부

어처구니의 행방

생선 궤짝의 용도

궤짝은 궤짝이 아니었다
생선이 담겨 있을 때 궤짝은
비린내를 풍기고
가시 같은 꺼스러기를 몸에 달고
생선이 되었다
팔려나가 생선이 아님이 밝혀진 궤짝은
목책으로 서 비린내를 말리거나
흙을 품어 꽃을 피웠다
더러 뭇짐승들의 집이 되기도 했다
잠시 좋은 시절이었다
그때 사람들은 생선 궤짝을 알아보았다
잊고 싶은 이름을 불러주었다
다시 비린내를 풍기고
다시 가시를 달고
궤짝은 생선이 되어 썩어갔다
궤짝은 궤짝이었다

거푸집의 국적

길가 공터에 거푸집이 포개져 있다
시멘트 얼룩을 지우지도 못하고
잠시 누워 쉬고 있다
거친 질감이 상그러워
아무도 눈길을 주지 않는다

흑단과 마호가니도 아니고
삼나무나 편백이 아니라 해도
그들도 이름은 있었을 것이다
와꾸나 데모도라 불리기도 하지만
응우옌이나 무함마드라 불러도 상관은 없다

어디서 왔는지 누구도 묻지 않는다
상표도 장식도 아닌 국적을
구태여 말할 이유는 없다
하지만 그들도
타이가의 차가운 하늘을 찌르거나
우림의 정글에 뿌리내려 아름드리가 되길 꿈꾸었으리라

오늘도 도시를 떠받치던 불상의 목재 하나가

비계 사이에서 떨어지고 있다
이제 국적과 이름이 밝혀질 것이다

도마의 전설

단풍나무로 만든 도마가 있었다
백정 무태의 도마였다
크기와 무게와 그 견고함으로
단연 도마의 왕이었다
수많은 칼질에 피와 살이 파고들어
이것으로 모진 학대를 견딜 수 있었다
행주산성 전투에서 도마는 성벽 위에 올려져
잠시 방패가 되었다
조총 탄환이 박히고 불에 그을렸지만
아직 쓸 만한 도마는 다시 칼을 받았다

오랜 세월 후
갈라지고 부스러져 옹이 부분만 남은 도마는
고임목이 되어 창고 문틀을 받치고 있었다
한 떼의 동학군이 관아를 습격하다
석화되어 단단해진 이 목재를 발견하고
공들여 깎고 기름에 튀겨 화승대 총알을 만들었다
도마가 이제 피와 살을 파고들었다

도마는 없다

박물관에도 역사책에도
도마는 보이지 않는다
도마들은 남아 있을 이유도 방법도 없었다

이름 없는 도마들을 위해 이 기록을 남긴다

어처구니의 행방

눈썰미 좋은 이가 알아보았다
깎고 다듬어 자리를 정해주었다
무거운 어깨가 힘들지 않았다
쳇바퀴를 돌리면서 세상을 돌린다 생각했다
많은 사람의 손을 잡았다
빛이 나기 시작했다
어느 날부터 여기저기 팔려 다녔다
고된 노동으로 몸피가 줄자 붕대를 감았다
찾는 곳이 많아졌다
장독대에서 노숙을 하다 알게 되었다
동료들이 모두 사라지고 혼자였다
처음으로 본 별빛이, 유난히 밝다고 느끼던 날
앓던 이처럼 어처구니는 빠져나왔다
어처구니가 없어졌지만 아무도 찾지 않았다

이제 사람들은 어처구니없어 돌다리를 딛고 다닌다
어처구니없는 곳에 풀씨가 날아들고
가끔 꽃이 피기도 한다
다 어처구니없이 생긴 일이다

* 어처구니가 맷돌 손잡이를 말한다고 알려졌는데 이는 민간어원설에 의한 어처구니없는 잘못이라는 것이 학계의 정설이다. 하지만 이런 오류가 어처구니없이 새로운 언어를 만들기도 한다.

와리바시의 알리바이

너는 있었다
이름을 빼앗고
얼룩진 흰옷을 입혀도
너를 찾는 일은 어렵지 않았다
기억을 더듬고
주변을 둘러보면 되는 쉬운 일이었다

그래도 너는 없었다
풀밭 위 점심 식사에 초대하지 않는 것으로
네 거친 살결의 뽀얀 표백제를 걱정하는 것으로
사람들은 너를 애써 모른 척했다

그렇게 너는 없었다
네가 없는 곳에서
그녀들은 그곳으로 쇠젓가락을 부러뜨려야 했고
그들은 열쇠 구멍을 시멘트로 막아야 했으며
아이들은 고무줄총을 만들기 위해 쇠톱을 주문하고
벌레들은 나뭇잎을 갉아먹고 있었다

그래서 너는 있었다

함께했다는 사실만으로 부끄러운 소문이 되는
너의 있음을
너의 이름을 다시 불러
증명한다

바지랑대의 하루

젖은 것들을 붙잡고도
슬프지 않았다
외줄 위에는 쉬이 이슬도 말랐다

죽은 아이의 머리칼을 물고
물길을 헤집어도
노엽지 않았다
물속에 길은 없었다

날개 가진 것들이 찾아오지만
잠시였다 그림자도 남기지 않았다
붉은 노을은 더 짧게 지나갔다

이제 하늘을 잴 시간이야
내가 쓰러지면 모두가 힘들어
말씀하시고 어머니는 누우셨다
누워서도 길었다

식탁의 목적

그대를 위해 준비한 것은 없다
토마토는 즙이 없고
당근은 하얀 털을 기르고 있다

마른 것들을 치우는 것은 포기만큼 쉬운 일이다
그래도 때로 흰 가루를 뒤집어쓰거나
빨간 껍질을 입에 물어야 한다

합목적적인 살덩이는 언 채 말라가고
욕망은 언제나 목적 너머에 있다
나는 잠시 맹목과 그대 사이에 서성인다

준비한 그대를 식탁에 놓는다
그 앞에 내가
선다

솥 이야기

무쇠솥이 있었다
파시를 떠돌며 술장사를 하던
할아버지의 솥이었다
이 솥을 메고 다니며 할아버지는
데리고 있던 작부들 밥을 해 먹였다
육이오 전쟁통에 피난 갔던 아버지는
함포사격으로 무너진 집에 숨어들어
이 솥을 새끼줄로 엮어 들쳐 메고 돌아와
솥은 아버지의 솥이 되었다
그 후 솥은 열일을 다하였다
밥을 짓고 엿을 녹이고 고기와 뼈를 달이기도 했지만
시래기와 수제비로 겨우 윤기를 보존하기도 했다
닳아 얇아지고 구멍이 난 솥은
땜장이의 손을 빌리기도 하다
눈썰미 있는 내가 양은 젓가락을 잘라
리벳을 만들어 때우기도 했다
금속의 물성을 알게 된 것은 이 솥을 통해서였다
언젠가 솥은 보이지 않았다
팔리거나 버려졌을 것이다
그 무렵 아버지는 중풍에 쓰러지시고

나는 아버지를 들쳐업지 못했다
그것은 내 일이었다
는 것을 아주 뒤에 알았다

널배[*]의 저녁

노을 비치는 돌담에 기대
널배 하나 서 있다

소금기에 전 몸은 붉어지지 않는다
석양에 물든 바다가 제 것이 아님을
잘 알고 있기 때문이다

물골을 타고 몰려오는 바다 냄새를 쫓다
뻘에 박힌 장화의 가쁜 숨소리를 들으며
해 긴 하루 뻗치게 보냈으리라

머지않아 몸이 작아져
바다는 보이지 않고
하늘만 가득할 때

물도 뭍도 아닌 곳에 깊이 가라앉아
배였다는 것을 기억해 줄
누군가를 오래 기다릴 것이다

돌담까지 밀려오는 어둠에 숨어

널배 한 척 아직 서 있다

    * 서·남해안 갯벌에서 조개 채취 등 어로행위를 위해 뻘밭 위를 타고 다니는, 나무판자로 만든 배.

4부

불량한 시

시가 짧아야 할 7가지 이유

짧은 시가 사라지고 있다

짧은 시를 쓰던 시인들이
빨리 죽거나 술에 취해 횡설수설하거나
모두 선생이 되었기 때문만도 아니고
와인의 라벨을 읽을 수 있지만
옛 노래 제목은 생각나지 않아서
고비와 실크로드를 돌아 천 개의 고원을 넘고
인도에 가 촛불을 들여다봐도
핫산의 죽음을 설명할 수 없어서
아니 그것을 말하지 않기 위해서
시는 길어지고 말은 짧아지고 있다

이런 이유가 아니라면
시는 짧아야 한다

불량한 시

시가 불량해진다
불온을 꿈꾸며 시를 써보지만
불량한 시만 자꾸 쓰게 된다
시는 가치이고 의미이며 또한 가치 있는 의미라는
한 중견 시인의 한마디에
내 시는 사상 불량한 시가 되고
시 쓰면 돈이 되냐는 집사람의 딴죽에
품질 불량한 시가 된다
잘 빚어진 항아리처럼 존재로 아름답지 못하니
미학적 불량이고
나무를 키우거나 꽃을 피우지 못하니
생태적 불량이다
칼과 불이 되지 못하고
민족이니 전통은 원래 내 시가 알 바 아니니
좌로도 우로도 정치적 불량이 되겠다
말을 하면 짧은 바람이 되어 세상을 말리고
쓰인 글자는 모두 거친 모래가 되어 눈에 쓰리다
그래도 아니 그래서 안다
실현된 불온은 선량이 되고
희망 없이 꿈꾼 불온은 불량이 된다는 것을

불량하고 불량해서 불량할 수밖에 없는
시를 쓴다
불량하게

압도

섬 이름은 아닌
적이 있어야 존재하는
형체 없이 납작한
그래서 섬이기도 한
모두가 듣고 있으나
아무에게도 들리지 않는
앞은 없고 뒤만 있어
하지 못하고 당하는
이 말이 튀어나온 날
만화처럼 내린 눈이 숲을 덮고
막장인 웹툰 안에서 한 남자가
압도적인 힘으로
반짝이는 이마를 벽에 찧는다
박힌 압정 하나

종이컵에 대한 종이컵을 위한

종이컵이 좋다
환경을 사랑하는 그대들이 싫어할 이야기지만
오늘도 종이컵을 집어든다
이름이 없어 좋다
고뿌도 그라스도 아니고 잔이라 부를 수도 없는
그래서 뭐든 담을 수 있어
좋다
그대들은 혹여
담배꽁초나 타액이 들어 있는 와인잔을
맨정신으로 바라볼 수 있는가
그런 것들마저 허락하는 모습을 떠올릴 수 있는 것은
단지 종이컵뿐이다
때로
버리는 사람들에게 0.001ppm의 독성으로 저항하는
자존심을 잃지 않기도 하지만
아무렇게나 물 위에 떠 흘러가고
불 속에 던져져 오직 한순간 환하게 타오르는
종이컵이
나는 아니 나라면 아니 내가
좋다

긴 여자

그녀는 결코 걷지 않는다
미끄러져 스며들어 어디든지 간다
대나무를 타며 장검을 휘두르는 그녀는
빨랫줄이 되어 걸려 있기도 하고
계단에 그림자로 누워 있기도 한다
그녀는 길이에 집착하지 않으므로
허리띠나 넥타이를 선물하는 법이 없다
붙잡을 게 없으므로
손톱을 기르거나 치장하지 않는다
언제나 먼 곳을 보고 있다
어쩌면 아무것도 안 보는지도 모른다
긴 허리로 나에게 기대
다리보다 긴 손가락으로
내 몸을 헤집어 젖은 지푸라기를 꺼낸다
불씨를 가지고 있지 못한 그녀는
긴 꼬리를 남기며 사라진다

긴 여자가 있다
아니 사라진 여자는 모두 길다

서늘한 여자

내 숨소리의 근원을
알 수 없는 것처럼
그녀가 가진 차가움의 정체를 모른다
애초에 뱀을 사랑했거나
거친 밤을 너무 오래 보냈거나
북벽을 기어오르고 먼 산길을 헤매어
뜨거운 기운이 소진되었을지도
잡은 손은 끈기가 없고
그래서일까
붙드는 것에 민감한 그녀는
강철 집게처럼 쉽게 놓아주지 않는다
차갑고 아프다
나는 쉽게 소름이 돋는다

그녀는 있다
마시던 찻잔에 온기라거나
남겨둔 얇은 옷의 체취이거나
먼 데서 들렸던 발자국 소리로는 없지만
단지 차가움으로
있다

봄, 밤

꽃잎은 밤에 떨어지고
그 곁에 노부부 걸어간다
남편은 절룩이며 앞서가고
아내는 분홍색 점퍼로 그 뒤를 따른다
아직 사라지지 못한 낙엽 몇 장
낡은 벤치 뒤에 앉아 있다
아무도 날지 않는다
새로 핀 잎사귀들 날개를 부비적댄다
깨진 사금파리 몇 개
묻혀 있던 병목 하나
흙을 털고 잠깐 별빛에 반짝인다
거기 들고양이 한 마리
암내를 풍기다
서둘러 발자국 지운다
보이지 않는 곳에서
봄 가만히 지나간다

가을에

가을이면
떠났던 여인들이 하나씩 돌아온다
돌아와 자기 방에서 책을 읽거나
아이를 업고 시장에 간다
그리고 아무도 전화하지 않는다
세상에 날아다니는 것들은 별로 없다
있더라도 자기들끼리 떼를 지어
아스라이 멀리 사라져 간다
나는 바짝 말라가고 있는
미제 로키 트레킹화에 왁스칠을 하고
신문지를 구겨 넣는다
집에 들어서는 딸아이
머리카락 너무 높게 보인다
폐휴지를 묶다가
전단지 한 장 집어 들어
가만히 혼자 비행기를 접는다

게으름에 대하여

내 게으름의 정체를 아무도 알지 못한다
손가락이 조금 길었을 뿐이고
아니 항상 발목이 시큰거렸을지도
선생들은 모르는 것을 묻고
군대에서는 작전병인 나에게 풀 뽑기를 시켰다

무언가를 하지 않으려고
헝클어진 실타래를 푼 적이 있다
그 실 풀 먹여 연줄을 만들고
하늘 위의 팽팽한 그 아름다움이라니
아무에게도 내 부르튼 손 보이지 않고
들어온 방안엔 따뜻한 이불 그대로이고
난 그렇게 매일 잠이 들고

오늘도 나는 말을
어쩌면 글을 준비하지 못한다
누구도 날 위해 식탁을 차리지 않고
즐거움이 사랑을 키우지 못하고
밀려오는 시간이 내 뒤에서 부풀어 오르고
아주 먼 데서 새 한 마리 조용히 손을 떠나고

정처

바스라지는 꽃잎 매만지다
마른 샘에 들어
몸 누이는
바람

어린잎들 다시 흔들린다

이른 여름

그해 여름은 일찍 시작했다
꽃들은 차례를 망각하고
나는 한 주일 사이 세 사람을 만났다

부사를 좋아하는 한 사람은 하염없이
내 배 위에 단어 하나를 적었지만 도저히
나는 읽을 수 없었고 이내
잠이 들었다 아주 깊이

환유로 말하는 또 한 사람은
살을 살이라 부르지 못하고
나비를 꽃이라 부를 수 없으면서
내 이름을 불러주지 않았다
결국 거친 신음으로 서로의 호명을 대신했다

춤을 추는 사람도 있었다
눈빛을 감추고 목소리도 지우고
발끝만으로 허공을 넘나들었다
멀리 있는 별빛마저 아름다웠으나
가질 수 없었다

〈

그해 여름 호명되지 못한 이름들이 동사를 잃고 부사
만으로
떠돌았다
애초에 내 것은 없었다
그 후 여름은 항상 이르게 왔다

5부

동사들

돋다

돋는 것들은 모두 아프다
수포도 소름도 새싹마저도

뱉은 말들이 모두
시옷자가 되어 거꾸로 떨어져 박혀
다시 입가에 돋아난다
수포는 아니라는 듯 그래서 아프다

나 아닌 것들이 나에게 다가와
꽃이 아닌 소름이 되었다
이물이 이물감을 잊어 다시 돋아난다
숨긴 고통이 더 아프다

새로 돋는 아픔
봄이 베듯 지나간다

날다

벚꽃잎이 날고 있다

날아가는 꽃잎이 지워지다
차창에 하나씩 달라붙는다

달라붙어 파닥인다
날았던 자세를 떠올리고
꿈틀대며 날개의 형상을 기억해낸다

나는 것은 가벼운 것이 아니다
젖은 무게가 잠시 몸을 말린다
가벼워 다시 날다 젖어 가라앉는다
가벼워 젖고 무거워 난다

벚꽃잎이 날다 차창에 달라붙는다
달라붙어 날개를 단다
날개만큼 더 무거워지고 다시 젖는다
날다 젖다 가라앉는다
가벼운 것들은 없어진 무게를 가지고 있다
〈

비가 온다
아무것도 날지 않는다

벚꽃잎이 날리고 있다

빻다

밤길 차창에
날벌레들이 부딪는다
소리도 미동의 충격도 없다
다만 몸을 빻아 죽음을 기록한다
날았던 한 순간을 사선을 그어 증명한다
차창을 움켜쥔 글자들이 쉬이 지워지지 않는다
알약을 빻으며 일몰 후 해상박명을 떠올리다
유봉유발을 두고 시인이 된 사람이 있다
그가 빻은 것들이 엉겨 글자가 된다
아니 빻아져 글자가 되지 못한다
빻아져 다시 빻는다
모두 빻다

넣다

일출 전 해상박명을 바라보며 담배를 피우던 시절이었다
입은 옷의 주머니에는 가득 무언가 들어 있었다
없어진 흔적을 다시 넣어 둔 것이다
누군가는 나를 보고 있었다
질문을 항상 넣었지만
명제는 없었다
길가에 걸린 글자를
부는 바람에 넣어 둘 수 없었다
넣어 둔 것들을 꺼내 다시 들여다보는
한 사람의 모습을 바라보면서도 넣어 두지 못하는
이름을 불렀다, 왜 그것을 아직도 넣고 있는 거니 너는

지키다

종소리를 듣고 하는 말은 아닌
단 하나의 총알이 남아 있을 때 하는 말인
꿈꾸는 자들 듣지 못하고
초원에 맹금을 날리는 자들 알지 못하는
지키다

주어는 지워지고
목적어를 잃어버린
지키다

넘어오는 것들이 유령이 되고
희미한 선이 강철 장벽이 되어도
깊이 숨겨야 모두 없어지므로
지키다

유령들은 여러 번 살아나 다시 죽고
애인과 아이마저 잃은 혁리가
취한 말들을 몰고 떠나도
지키다
〈

지키다
지키다가
지키다를
지키다

* 혁리: 중국 장지량 감독의 영화 〈묵공〉의 주인공. 묵가의 인물로
수성전의 뛰어난 전략가이다.

** 취한 말들: 이란의 바흐만 고바디 감독의 영화 〈취한 말들의 시
간〉에서 따온 말. 이 영화는 생존을 위해 밀수라는 위험한 일에 내몰린
아이들이 결국 장벽을 무너뜨린다는 주제를 담고 있다.

박다, 찍다

박다, 라는 말에는 요철이 있고
등 간지러운 기다림이 있다
박는 동안 기계나 사람은 모두
구도에 육박해 들고
박음은 한 땀 한 땀 시간에 이름을 부여한다
박아 놓은 시간이 재가 되어 날아가더라도
박은 것들은 하나의 티끌까지 붙들고 있다

사람들은 이제 더 이상 박지 않는다
서로 찍는다
찍는 것들은 지문을 남기지 않는다
찍는 것들은 기억하지 않는다
찍히는 것들은 다 팻말을 들고 있다
찍히는 것들은 기억을 기억하지 않는다
찍혀서 있고 찍혀서 없다

우리 모두 찍거나 찍히거나
그래도 박은 것들에
잠시 매달리거나

걸다

빈 놀이터 녹슨 철봉에 빨랫줄이 매여 있다
어느 날 사라진 아이들이
빛바랜 난닝구 늘어진 꽃무늬 몸뻬가 되어
거기 걸려 있다
쉬이 늙는 것은 수크렁만이 아니다
가벼운 것들이 날아가다 잠시 붙들려 있다
유령은 그렇게 만들어진다

빨래가 철봉에 걸려 놀이터가 비어 있다
난닝구와 몸뻬를 벗고
아이들은 없어진다
매달린 것들은 모두 날아가는 것들이다

놀이터에 빨래가
하나씩 지워지고 있다

빨랫줄에 빈 햇살이 걸려 있다

바꾸다

어두운 불빛 아래 선물처럼 끈을 풀었네
감촉은 생소하고 서늘하여 난 소름이 돋고
달치근한 썩은 사과 냄새가
내 온몸 달뜨게 했네
그리고 소리는 왜 그리…
놀라 TV를 켰네
따지고 보면 내 것도 아닌데
지킬 것도 두려울 것도 없는데
같이 웃고 말았네

바꿈질 때문에 집이 망했다고
어머니는 항상 말씀하셨지
시장통 번듯한 가게가 몇 마지기 논이 되고
밭이 되다 결국
꽁지에 똥 묻은 노계 서른 마리로 남게 되었지
그렇게 해서 난 일찍 철이 들고
알 수 있었지
바꾸지 않으면 견디기 힘들었을 아버지의 꽉꽉한 시
간들을
〈

밖은 어둡고 길은 사라지고 없었네
거리엔 젖은 나무들이 싹을 틔우고
창틀에 내놓은 화분들은 마르거나 짓무르고 있었네
바람이 벽을 훑어
무수한 흠집을 내고 있는 봄날
내 것이 아닌 것을 바꿔
가진 적이 있었네

사라지다

없어진 한 짝 양말에 관한 말은 아닌
꿈속에서도 마주칠 수 없는
모래 냄새가 나는 말이긴 하나

제 꼬리를 삼키며 숨는
뱀의 이름 같기도 한
그러나 모든 구멍들을 채울 수 없을 때
하는 말이기도 한

연을 날리다 하늘을 본 사람들은 아는 말이지만
알을 낳는 새에 대한 말은 아닌

둔중한 것들이 용적을 비우고
차지하는 것들이 바람에 실리고
불리웠던 것들이 이름을 감추고

사라진다
그렇게 살아진다

입다

시간이 빠져나가 납작하게 벗겨진 내가 벗은 나를 보고 있다 내가 잠든 사이 가만히 들어와 무거운 머리를 수그리고 시린 발목을 감춘 채 매달려 있는 입은 나이기도 하다 어깨에 내려앉은 먼지도 가랑이에 묻은 진흙도 그대로다 벗은 나를 내려다보다 잠시 부스럭거려 입을 내일의 나를 걱정한다 벗은 나로 남는 것이 두렵기 때문이다 벗은 나를 본 사람은 입은 사람이 아니므로 벗은 나가 입은 나임을 아무도 알지 못하거나 말하지 못한다 벗은 나는 벗는 나였다는 소문 속의 나일 뿐이고, 입은 나로만 기억되거나 입는 나로만 증명되는 나는 입히는 나이기도 하다

내가 입다
입다는 자동사다

꺼내다

손을 꺼낸다
부서진 시간이라도
그대에게 건네리라 생각했다

남겨진 머리칼 한 올
내 손에서 사라지고
깊은 곳에 가닿았던
극미량의 쾌락도 묻어 있지 않고
손등을 뜨겁게 핥던 불꽃의 냄새도
거친 손바닥을 가르던 칼날의 반짝임도
흐려지고 없다

무엇도 쥐지 않고
아무것도 남지 않는
그래서 더러워진

손이 그대와 나를 가른다
손으로 그대의 치욕을 키운다
손에 그대가 눈을 감는다

〈
그 손을 그대에게 다시 바친다

매달리다

애들 장난이거나
지구를 침공한 외계인의 탈 것이거나
그냥 아무것도 아닌 것이거나
가끔은, 아무렇게나 떠다니는 비닐봉지이거나
풍선을 띄우는 사람들이 있다
대개 뻔뻔한 자랑이거나
음흉한 비난을 숨기고 있거나
아니면 사기이거나
풍선이 떠오르면 지나가던 바람은
저건 바람인 것도 아니고 아닌 것도 아냐
라고 미친 듯 짜증을 내거나
무시하며 더러 숨어버리거나
풍선을 보면 사람들은
한때 가지려 했던 사랑을 떠올리거나
허망한 행복을 추억하거나
그래도 풍선에 매달리는 사람들이 있다
세상을 갈라 세우려는 빗금이거나
기도하고 기도하니 그래서 기도하는
독한 믿음이거나
꽃 대신 머리에 풍선을 꽂거나

죽거나 나쁘거나*

* 류승완 감독의 영화 〈죽거나 혹은 나쁘거나〉에서 차용.

만들다

무엇으로도 대신하지만
그 어떤 것도 아닌
그래서 타동사이나 목적어가 없는

되다 만 것들이
둥글게 닳아 있고
내가 아닌 사람들이
지금도 깎고 조이고 붙이는
음악이 되기에는 뒤가 너무 무겁고
그림으로 남기에는 빠른

뿌리 없고 벚나무가 아니어서
활을 만들고 활이라 말하지 못하고
대나무를 휘어 줄을 매고 있는
사람을 위해

손톱을 세워 종이학을 접으면서
올려다본 하늘에 날아가지 않는
그 모든 것을

만들다

쓰다

입 밖에 내기를 꺼리던 말을 들었다 "따위" 한 번 듣고 나니 도처에 따위들이다 주머니 속에 들어 있고 지갑속에도 들어 있다 술집에서도 마주치고 실시간 비대면으로 만나기도 한다 버스에서 스쳐 지나간 따위를 다시 집 앞에서 본 적도 있다 어느 날인가는 따위들이 무너져 내려 책상을 어지럽히고 때로 파리떼처럼 날아들어 내가 쓴 글을 뒤덮고 있다 녹슨 화승대를 땅에 묻고 목숨 따위를 구한 내 조상들처럼 따위를 애써 감추는 따위로 살아왔음을 밝히려 따위들이 스멀스멀 기어 나온 것이다 따위에 대해 부정 따위는 할 생각이 없어서 따위를 위해 역사 따위를 세우지 않으려고 따위를 말하여 따위 위의 따위가 될 수 없기에

이런 따위를
쓴다

사라진 무게를 기억하는 방식에 관하여
– 무정형의 무기한, 시 '하기'와 길 '가기'

김효은(시인, 문학평론가)

1. 시, '혁명적'인 것을 '하기'에 관하여

시가 혁명이 될 수 있을까. 들뢰즈와 가타리는 "소수 집단의 언어만큼 위대한 것도, 혁명적인 것도 없다"[1]라고 전언한 바 있다. '혁명'과 '혁명적인 것' 사이에서 그렇다면 소수 집단의 언어로 시인이 시를 쓴다면, 그 시는 적어

---

1) 들뢰즈·가타리, 『소수 집단의 문학을 위하여-카프카론』, 조한경 역, 문학과지성사, 2000, 52쪽.
2) 『들뢰즈 개념어 사전』에 의하면 되기/됨/생성devenir의 정의에는 동사적 의미가 포함되어 있음을 알 수 있다. "실체적 의미가 아니라 동사적 의미로 이해되어야 하는 용어로서, 모든 대상 혹은 존재를 성격 규정하는 잠재적인 점들로 이루어지는 계열들이 순간적으로 만나 변신을 낳는 하나의 과정"이라고 정의되어 있다. ─아르노 빌라니·로베르 싸쏘 편저, 『들뢰즈 개념어 사전』, 신지영 역, 갈무리, 2013, 107쪽.

도 '혁명적인 것'은 될 수 있지 않을까. 아니 역사로 고착된 명사로서의 '혁명'보다 지금 여기에서의 '혁명적'이라는 부사와 '혁명적인 것'을 '하기'라는 동사[2]가 더 중요한 것은 아닐까. 어쨌거나 언어의 관습과 상투성, 상징계에 균열을 내고 탈영토화, 끊임없이 탈주하는 시는 그야말로 '시적 언어의 혁명'(줄리아 크리스테바)을 실천하는 동사로서의 시라고 할 수 있을 것이다. 들뢰즈와 가타리는 카프카를 소수 집단의 언어와 소수 집단의 문학을 통해 중심 문학, 다수성의 문학, 전체성의 문학에 대항한 '위대한' 작가로 주목한 바 있다. 모든 기성의 권력과 제도, 그것들이 구축한 억압과 폭력에 저항하고, 언어의 탈영토화를 보여준 대표적인 작가, '위대한' 작가로 칭송된 카프카는 '지배자 문학', 기득권의 언어와 집단의 문학을 끔찍하게 증오했다고 한다. 잘 알다시피 이때 카프카가 전유한 소수자의 언어, 소수자의 문학이란 수(數)적으로 적은 단지 소수 민족이 사용하고 향유하는 언어와 문학을 의미하지는 않는다. 언제나 자기 "자신의 언어 안에 이방인처럼 존재하는 것", "탈주선linge de fuite"[3]으로서, "언어의 강밀한 용법"을 끊임없이 실행하는, 구체적이고도 역동적이고 치밀한 "배치agencement"를 통한 창조적인 글쓰기야말로 진정한 소수 문학littérature mineure이라 할 수 있을 것이다.

　여기, 변방의 시인, 주변의 시인, 소수자minor 시인이 있다. 누군가에게는 관점에 따라 그가 다수자majority로 분류되는 일도 있을 수 있다. 그 또한 가능한 일이다. 소수자와 다수자, 소수성과 다수성은 절대 불변의 성질이 아니다. 소수자와 소수성은 정착定着이나 정주定住 또는 고정된 개념이 아니다. 끊임없이 '나'와 세계의 외피를 의심하고 두꺼운 껍질을 벗고 변이를 꾀하는 일, 기득권이 주는 안온한 환상에서 벗어나 탈주를 꾀하는 일은 사실상 쉽지 않은 일이다. 인간의 의지와 판단력은 욕망과 현혹 앞에서 쉽게 무너지거나 규율에 관습화되거나 타성화되기 때문이다. 모든 그럼에도 불구하고 효용성과 소비자본주의가 지배하는 물질만능의 시대에 시를 쓴다는 것, 시인이라는 이 희귀하고 비효율적인 종족은 분명 소수적 존재인 것만은 분명해 보인다. 그러나 어느 집단이나 그러하듯 시인들 중에도 권력과 권위, 위계를 따지는 무리들은 있다. 그들은 작품 자체보다는, 몇 년도에 어느 매체로 혹은 누

---

3) 일부 역자에 의해 도주선으로도 번역되고 있으나, 본고에서는 탈주선으로 통일하여 표기하였다. 가타리는 탈주선의 분명한 쓰임새가 "자유를 되찾게 해주는 것"에 있다고 하였다. ―『들뢰즈 개념어 사전』, 아르노 빌라니·로베르 싸쏘 편저, 신지영 역, 갈무리, 2013, 99쪽. "탈주선은 무한하게 분열하고 증식하며 새로운 흐름과 대상을 창출하는 욕망의 순수한 능동적 힘 그 자체를 가리킨다. 탈주선은 탈코드화·탈영토화된 욕망의 흐름들을 접속시킴으로써 그것들을 고무하고 가속화한다. 예기치 못했던 혁명적 변이가 일어나는 것은 이 탈주선 위에서 가능하다."―서울사회과학연구소 편, 『탈주의 공간을 위하여』, 푸른숲, 2002, 89~90쪽.

구(저명한)의 추천으로 등단을 했는지의 여부를 따지거나, 어느 출판사에서 책을 냈는지에 따라 시인을 서열화하고 그들만의 카르텔과 성역을 만든다. 그러나 황정산 시인은 제도화된 등단 절차를 거치지 않고, 작품 활동을 통해 작가로서의 정체성을 끊임없이 변주하고 생성해 온 몇 안 되는 자유로운 문인이라 할 수 있다. 제도 '밖'의 그는 누구보다도 소수 문학을 지향하고 스스로 '잉여'를 자처하며, 탈영토화를 추구한다. 사회에서 예술은 철저하게 '잉여'에 속하며 사회에서 '잉여'로 남는다는 것은 단순히 루저나 실패자로 낙오되는 것이 아니라, 특히 스스로 시인이 되어 '잉여'가 되기로 선택한 사람들의 경우 사회가 만들어놓은 구조에 스스로가 편입되지 않는다는 것이고, 그것은 새로운 가능성의 존재가 될 수 있는 잠재성이라고 그는 최근에 펴낸 시론집에서도 전언한 바 있다. 스스로 소수자—시인이 되어 소수성의 언어로 소수성의 시와 시집을 생성해낸 '시인 황정산'의 시를 읽어보려고 한다. 그는 이 시대에 시를 쓰는 일을 누차 '잉여'라고 했지만, 필자는 한 발자국 더 나아가 시집을 사거나 시를 읽는 행위조차도 커다란 '잉여'가 되는 일이라고 본다. 이제 황정산 시인의 시집 『거푸집의 국적』에 드러난 탈영토성과 탈주선들, 배치들, 그로하여 언어적 저항과 실천, 유목을 수행하는 그의 시세계에 담긴 소수자성[4]에 주목해 보도록 하

자. 시인이 언어를 통해 맞서고 있는 암흑의 세계와 기성 집단의 어두운 지점들, 견고한 "블랙"의 성역에 대해 균열을 내기 위해 짜놓은 퍼즐들, 일련의 지도들에 대해 기성의 틀에 맞춰 조립하기보다는 오히려 시인의 퍼즐을 더 파편화하여 해체하는 방식으로 접근해 보고자 한다. 나아가 시인은 어떠한 수사학적인 배치와 탈주선을 통해, 소수자의 문학과 소수성의 언어를 실천하고 이행 또는 파행을 감행하고 있는지 함께 살펴보도록 하자.

2. 블랙black을 블록block '하는' 블랙의 시편들

이 시집의 1부는 블랙 시편들로 일종의 연작 형식을 취하고 있다. 1부의 제목인 동시에 총 10편의 텍스트에 '블랙'이 제목으로 붙어 있다. '블랙'은 시인이 세계를 바라보는 관점, 나아가 시인의 시세계를 꿰뚫는 중요한 열쇳말에 해당한다. '블랙'은 "맹독"보다 무서운 일종의 '맹목盲目'을 상징한다. 나아가 그 맹목을 이용하고 조종하고 권

---

4) "다수성이 척도와 규범, 혹은 모델의 형식으로 현재적인 상태를 유지하는 권력이라면, 소수성은 새로운 변이와 생성을 통해 그 척도와 규범을 변형시키는 잠재적 변이능력"이라 할 수 있다. 이진경, 『노마디즘 1』, 휴머니스트, 2011, 323쪽.

력화, 상품화, 위계화하는 지배 집단의 이데올로기와 미시 정치를 함의하기도 한다. 인터넷 공간을 포함하여, 세상은 "반타 블랙"의 거대한 가면으로 덧칠해져 있다. 우리가 지금 보고 듣는 현상들, 사실이라고 보도된 명제들마저도 진실이 아닐 확률은 백퍼센트에 가깝다. 당신은 기억하는가. 지난 2014년 4월 16일 공영방송에서조차, "전원 구조"를 뉴스특보로 송출했다는 사실을. 세상은 오보와 오역, 그리고 보이지 않는 "반타 블랙"의 거대한 거울과 그물로 덧씌워져 있다. 내부를 들여다보려고 다가가도 오히려 그것들은 당신의 눈과 귀를 더욱 멀게 할 뿐이다. '블랙'은 인간과 인간 사이의 단절과 소외를 또는 단절하는 기제들을 상징한다. 인간의 개별적인 특징이나 특성의 거친 표면들, 인격이나 감정의 굴곡들, 빛을 투과하는 작은 구멍들은 물론 개개인의 이름들까지도 모조리 말소抹消하거나 무화無化시켜 버린다. 게다가 최근에 인류가 경험한 코로나−팬데믹은 단절과 소외를 더욱 가속화했다. '블랙'은 기득권이 작동시키는 시스템인 동시에 최선으로 위장된 이데올로기이며 세상을 둘러싼 모든 종류의 억압과 규율과 강제들, 폭력을 의미한다. '블랙'은 한편 언어를 감염시키기도 한다. 모든 살아있는 명사와 동사들을 물어뜯어 맹독에 감염시켜 마비에 이르게 하거나 석고화하여 종래에는 죽게 만드는, 그것은 치명적인 "블맥맘마"의 이빨이거

118

나 검게 칠한 눈이며, 당신을 삼키기 위해 잠복한 거대한 덫이라고 할 수 있다. 그러나 그 덫은 이미 우리의 내면 안에도 똬리를 틀고 있다.

> 코끼리를 물어 죽이고 먹지 않는
>
> 정의를 위해서 눈을 어둡게 칠한
>
> 검은 입속에 희생자의 공포를 감춘
>
> 우리는 모두
>
> 잽싸거나 치명적이거나
>
> – 「블랙맘바」 부분

"블랙맘바"는 알다시피 맹독을 지닌 눈과 입만 검은색을 띤 코브라과 뱀으로 잽싸고 사납기로 유명하다. 영화 『킬빌』에서 여주인공 베아트릭스 키도의 코드 네임이기도 한 "블랙맘바"는 대상을 가리지 않고 끝까지 쫓아가 죽이는 등, 살상본능이 그 자체로 DNA에 기입된 난폭한 동물이다. 알에 깨어나는 순간부터 눈에 보이는 모든 상대를 물어뜯는 공격성 자체가 디폴트로 장착된 뱀이라고 한다. "블랙맘바"의 이러한 속성은 눈앞에서 살아 움직이는 모든 대상을 물어뜯고 독에 감염시켜 무기력하게 만들거나 죽음에 이르게 한다. 위의 텍스트에서 "블랙맘바"는 다수성의 세계가 은밀하게 살포한 독을 상징하기도 하지만,

동시에 인간이라면 누구나 내면에 숨기고 있는 이기적인 성향이나 탐욕, 파괴 본능을 의미하기도 한다. 동사로서의 언어를 마비시키거나 경화시켜 부사나 명사로 고착화하고 관습화하는 모든 제도화된 언어, 다수자의 언어, 규율화된 언어, 상업주의에 물든 언어도 시인에 의하면 결국에는 "블랙맘바"의 그것으로 분류될 수 있다. '블랙'이란 결국 '블랙'의 장막에 균열을 내는 모든 빛, 틈, 파열들을 삼켜버리고 일자적인 것으로 봉합해버리는 최면이면서 술수이고 음모라고 할 수 있다. 이러한 '블랙'이 "반타 블랙"으로 한층 업그레이드되어 위장하고 다가올 때, 소수자들의 목소리와 움직임과 빛은 자칫 반사되거나 와해될 수 있다. "블랙맘바"의 그들은 이빨과 독을 감추고 "반타 블랙"의 가면을 쓰고 더욱 은밀하고 집요하게 당신을 노린다. "반타 블랙"은 시선만으로도 존재의 모든 형태와 굴곡과 개성들을 제압해버리기 때문이다. "반타 블랙"은 동사로서 행동하는 당신, 동사로 수행하는 발화, 동사의 언어를 노리고 겨냥하며 도사리고 있다.

동사로 존재했을 이름은

움직임을 잃고 부사로 남고

(중략)

잉여가 잉여를 없애지 못하고

이름은 이름을 대신하지 못한다

구멍이 구멍이 아니어도

모래는 모래가 아닌 모래가 하나도 없다

바람이 호명하고

풀잎이 지명하는

완벽한 블랙리스트

우리

                                 – 「반타 블랙」 부분

  "동사", "움직임", "잉여", "이름", "구멍", "모래"는 전부 "반타 블랙"이 노리는 목표물에 해당한다. 즉 이들은 모두 소수자들의 소수성을 드러내는 "잉여"에 해당한다. "반타 블랙"은 흑연을 고온, 압착 처리하여 만들어낸 신소재로 이른바 세상에서 가장 어두운 물질로 알려져 있다. 2019년에는 이보다 더 강력하게 빛을 흡수하는 어두운 물질이(공식 이름은 없음) 개발되었다고 한다. 이 "반타 블랙"이라는 물질로 사물이나 물체들을 덧씌우거나 채색하면, 그 물체는 고유의 굴곡이나 색상 즉 개성과 존재성을 잃고 평면화되어 단지 암흑으로만 비춰지게 된다. "반타 블랙"은 수많은 개별적인 '블랙'들마저 닥치는 대로 지워버리고 삼켜버리는 맹목의 거대한 늪, 보이지 않는 소용돌이, 조작된 블랙홀이라 할 수 있다. "반타 블랙"에 삼켜진 대상은 이제 그것이 어떤 것이든 "없다는 것을 증명하지 못하는" "없는 것들 속에서"(「블랙 아이스」) 아무도 모르게 사라지는 익명의 하찮은 "거시기"(보통명사)들로 몰락하고 만다. 즉 시인이 저격하고 있는 "반타 블랙"이란 모든 미시적인 '블랙'들의 저인망을 포괄하는 다수성과 중앙 집권의 세계, 기성의 규율과 권력의 시스템 전부를 가리킨다. 그들은 "희생자의 공포"(「블랙맘바」)를 야금야금 삼켜 조금씩 몸집을 키우는 거대한 그림자이며 괴물이다. 오로지 물어뜯음과 삼킴, 탐욕과 위악, 폭력과 압제로 자가 증식한다. 이것은 허기를 채우고 생명을 유지하기 위한 자연의 섭생이나 섭리로서의 약육강식의 본능이 아니다. 단지 악을 위한 악, 지배를 위한 지배에 해당한다. "코끼리를 물어 죽이고 먹지 않는" 표면상으로는 "정의를 위해서" '나'와 타인을 재단하고 묵살하고 처단하는 "잽싸거나 치명적"인 그들의 포악함과 위악성은 그러나 '그들'만의 것이 아니라, 다름 아닌 "우리" 모두의 모습이기도 하다고 시인은 스스로 자성의 비판을 가하기도 한다.

'블랙'은 세계 속에 있는 인간 존재들, 군집이거나, 개별적인 인간이 지닌 저열한 심리, 갖가지 욕망들과 타성을 상징한다. '블랙'은 모든 것을 물어뜯고 삼키는 공격욕과 파괴욕, 지배욕과 탐욕인 동시에 그것들에 순응하거나 길들여지는 맹목과 무지無知 그 자체인 것이다. 그러나 "눈먼 것들"이나 "눈먼 것들"을 포획하고 죽이기 위해 "희생자의 공포를 감춘" 채 "검은 입" 안에 날카로운 발톱과 이빨을 잔뜩 숨기고 잠복하고 있는 '블랙'을 가려내고 그에 맞서는 것은 쉽지 않은 일이다. 게다가 표면적으로는 "정의"의 얼굴을 하고 있기 때문이다. 투명을 가장한 검은 거울과 쇼윈도우에 비치는 불빛마저도 의심해야 한다고 시인은 어쩌면 경고하고 있는 것이리라. 방심하는 순간 당신은 당신이 거울이라고 굳게 믿고 바라본 "블랙 미러"에 흡입되고 함몰되어 "벽돌"로 구워질지도 모를 일이다. 그렇게 만들어진 수많은 "벽돌"들이 '블랙'의 "장벽"을 "단단하게" 구축하고 있다.

커다란 벽만 단단하게 서 있다

그 벽에 들어가기 위해 모두 벽돌을 든다

벽을 만들거나 누군가를 내리치기 위해서다

그러다 스스로 벽돌이 된다

벽돌은 그렇게 만들어지고

장벽은 튼튼해진다

그 안에서 우리들은 레토르트 포장지에 숨어

자신을 정화한다

무균 상태의 무약한 식품이 되고

도덕적이고 정의로운 상품으로 팔릴 수 있다

― 「블랙 미러」 부분

시인은 "다음의 말들은 시가 아니다", "애초에 시는 없다"라는 충격적인 전언으로 위의 시의 도입부를 연다. "이것은 파이프가 아니다"라는 마그리트의 그림 속 전언보다도 이 전언은 독자들을 더 당황하게 만든다. 시가 아닌데 시집에 실려있다면 해설도 자서도 표사도 아닌 그렇다면 이 말뭉치들은 도대체 무엇이란 말인가? 그러나 이 시의 마지막 연에 답이 있다. "블랙 미러"를 두고 시적 주체는 마지막 행에서 "이것은 거울이 아니다", "진실도 아니다", "그냥 벽돌이다"라고 전언한다. 결국 당신이 이 시의 의미를 밝혀내지 못하면, 이 시 역시도 독자에게는 "그냥 벽돌"에 지나지 않는 뻔한 결과를 초래할 뿐인 것이다. 따라서 "블랙 미러"는 거울이지만 거울이 아니다. "블랙 미러"는 당신이 보고 싶어 하는 것만 그것도 포장재만을 보여준다. "진실"은 거울 속에 있지 않다. "진실"은 시 속에도 들어 있지 않다. 거울도 시도 당신이 환영을 깨부술 때 비로소 무언가를 보여주기 시작할 것이다. 시인은 그가 언술한 기호와 기표에도 의미를 고정시키지 않는다. '블랙' 또한 다른 '블랙'(반타블랙, 블루블랙, 투명한 블랙, 블랙 아이스)의 버전들로 끊임없이 대체되고 '변이'되고 변주되고 변용됨으로써 탈영토화되고 있음을 확인할 수 있다.

이처럼 시인이 시집의 1부에서 지속적으로 암유暗喩하고 비판하고 있는 '블랙'은 단순히 타자의 영역, 외부 세계만을 지시하는 것은 아니라는 사실을 알 수 있다. 우리 안에도 '블랙'이 있고, 호가호위狐假虎威의 모습으로도 "반타 블랙"의 가면은 타자 위에 군림할 수 있다. 지배적 언어, 다수성의 문학, 구습과 인습에 의해 상투화되고 관습화된 문학, 아비투스의 언어로 타성화된 문학 또한 "반타 블랙"의 문학, "블랙맘바"의 문학이 될 수 있다. '블랙'은 고정된 기호가 아니다. '블랙'은 언제든 다른 블랙에 의해 미끄러지고 해체되고 점유 당할 수 있는 잠정의, 임의적인 기호일 뿐이다. 고로 시인은 이 '블랙'이라는 기호에 오래 머물지 않는다. '블랙'은 시인이 차용한 필터와 액자구조, 이중 구속과 자기모순, 투명성이나 차단성과 호환되는 임시적인 개념일 뿐이다. 시인은 하나의 개념이나 기호에 압도되거나, 오래 머물거나 그 안에 정착하거나 절대적인 의미를 부여하지 않는다. 그는 직전에 쓴 언어마저도 버릴 각오와 준비되어 있다. 언어의 고착화, 개념화, 영토화, 성역화되는 것에 끊임없이 반대하고 저항하는, 탈영토화의 수사적 이중 장치로서 '블랙'은 이처럼 중요한 기능을 한다. '블랙'은 퍼소나가 바라보는 디스토피아적인 세계 및 은폐와 단절, 고립과 소외를 의미하는 동시에 또한 시인이 두려워하는 '글쓰기'를 상징하기도 한다. 황정산 시인은 이 시집의 곳곳에서 글쓰기에 대한 양가감정과 두려움을 내비친다. 백지에 대항하는 글쓰기 또한 어쩌면 백지가 아닌, 검은 잉크에 검은 잉크를 덧칠하는 무의미한 반복이 될지도 모른다는 성찰을 내포한 두려움은 시인에게 '새로운' 언어에 대한 강박과 결벽으로 드러나기도 한다. 그러나 시인이라면 누구나, 자기 글쓰기가 과연 생태적[5]일 수 있는지, 종이와 연필과 석유를 공연히 낭비하는 것은 아닐지 자문하거나 자책할 수 있다. 유행에 영합하거나 비슷비슷한 시를 복제해내는 관습에 젖은 시인들이라면 생태학적인 고민은 있을 수 없다. '쓰는' 사람은 내용은 물론 형식에 있어서도 결국 탈피와 탈각과 자기성찰을 죽을 때까지 계속 시도해야만 한다. 다음의 텍스트들은 시인의 이러한 글쓰기에 대한 자의식과 양가감정을 드러내고 있다.

---

5) 이를테면 이번 시집에 수록된 다음의 시는 그러한 시인의 글쓰기에 대한 아이러니한 성찰을 보여준다. "생태시에 대한 글을 쓴다 힘들지만 그냥 쓴다 나무를 베어 수액을 핥아보고 꽃을 꺾어 냄새를 맡는다 세상이 모두 쓰러진 나무와 흩날리는 꽃잎 천지다 내 글자가 하나도 들어설 틈이 없다 생태적이고 아주 생태적인 꽉 찬 빈 여백만 남는다 결국 채우지 못한다"—「생태적인 아주 생태적인」 부분.

결국 내가 썼던

글자들의 색

모든 빛이 만들었다는 색

그래서 색이 없는 색

검고 슬픈

그 색

—「블루블랙」 부분

'블랙'은 "내가 썼던/글자들의 색"이기도 하지만 쓰는
동시에 지워지는 색이기도 하다. 검은 잉크로 쓰여진 글쓰
기는 분명 존재를 존재로 증명하고 입증하는, 세계 내에
서의 자명한 "출석부의 색"이기도 하지만 언젠가는 쓰여
진 글도 글을 쓴 주체인 '나'도 흔적 없이 사라질지도 모
른다는 두려움의 색을 상징하기도 한다. 그러므로 그것
은 "검고 슬픈" "블루블랙"의 다중적인 그러나 "색이 없는
색"이라고 할 수 있다.

블랙은 아직 오지 않는 것

혹은 원래 빈자리

그것도 아니라면 빈자리를 미리 지우는 것

(중략)

써야 할 글들을

127

이미 썼던 글자들로 천천히 역순으로 지우고

그래도 남아 있는 독한 것들의 그림자

아무것도 아닌 모든 것의 음부

– 「블랙아웃」 부분

　시적 주체는 세상의 모든 "블랙"을 의심하고 경계한다. "블랙"은 미지의 잠정적인 상태로만 존재한다. 그것은 마치 백지의 원점으로 자꾸만 회귀하는 '글쓰기'와도 같고 이러한 회귀는 공포를 자아낸다. "블랙은 아직 오지 않는 것"이거나 이미 지나갔거나 아니면 "원래 빈자리"였던 공백 그 자체 또는 "빈자리를 미리 지우는 것"일 수도 있다. '블랙'을 단일하게 정의하거나 영토화하는 정답은 없다. 다만 '블랙'은 덧칠을 반복할 뿐이다. 결국 백지 위에 글을 '쓴다'는 행위는 기존의 "이미 썼던 글자들로" 되려 "써야 할 글들을 지우"고 마는 자기 무화無化의 아이러니가 아닐 수 없다고 시적 주체는 말한다. 글쓰기란 "그래도 남아 있는 독한 것들의 그림자"이거나 그래서 "아무것도 아닌 모든 것의 음부"이자 무의식의 가장 의식화된 부분일 수 있다. 즉 기억과 망각이 동전의 양면처럼 맞붙어 있는 상황이 바로 '글쓰기'라는 작업이며, 글을 쓰는 일이야말로 "우리"들의 "블랙아웃"을 귀납적으로 입증하는 이른바 왜곡된 기억이 언어로 재현해 놓은 현장 검증이 아

닐 수 없는 것이다. 좀처럼 감정을 내비치지 않는 시인이
지만 시인은 시집의 곳곳에서 이러한 글쓰기에 대한 자조
적인 언술들을 보여준다.

오늘도 나는 말을
어쩌면 글을 준비하지 못한다
　　　　　　　　　－「게으름에 대하여」 부분

없다는 것을 증명하지 못하는
없는 것들 속에서,
(중략)
나는 내 자신의 환유가 되고
내 글이 누군가에 의해 버려지고
버려진 것들 위에 나는 다시 쓰고
쓴다는 것만이 엄연하고
써진 것들은 부재의 표식이 되고
　　　　　　　　　－「블랙 아이스」 부분

'쓰기'에 대한 초조함은 게으름에 관한 사유의 연장 속
에서도 불쑥 발화된다. 글쓰기는 시인에게는 언제나 지연
된 그것, 미지의 '블랙'으로 존재한다. 즉 '블랙'은 지워진
것일 수도 있고 혹은 "아직 오지 않는 것"일 수도 있다.

"아직 오지 않은 것"들은 기대와 희망을 주지만 또한 작가에게는 두려움과 공포의 대상이 되기도 한다. 이미 쓴 글, 앞으로 써야 할 글, 지금 쓰고 있는 글은, 그 글을 쓰는 주체에게는 모두 "블랙 아이스"처럼 잘 보이지 않는 위험한 경계의 징후가 된다. 분명 존재하지만 존재하지 않는, 있지만 또렷하게 보이지 않는 것들은 그것을 감지한 존재에게는 조심스러운 '무엇'이 된다. 숲에 들어가면 숲이 잘 보이지 않는 것처럼, 작가들은 글을 쓰는 동안에 막연한 두려움에 휩싸이기도 한다. 이미 쓴 글들 그리고 아직 쓰지 않은 글들에 대해서도 마찬가지이다.

3. 언어의 (비)논리적 실험 또는 질문 '만들기'로서의 시

시인은 시집 전체에서 가급적 1인칭의 '나', 일반적으로 서정적 주체라고 부르는 시적 화자로서의 '나'를 내세우지 않는다.(4부의 일부 시편들 제외) 시인은 유년기의 경험이나 가족사, 개인의 소소한 일상이나 경험(체험이라고 부르는)을 거의 드러내지 않고 있다. 또한 시인의 정체성과 평론가로서의 정체성은 엄밀하게 분리되어 있음을 알 수 있다. 게다가 시인은 사사롭거나 작은 감정의 파편들을 과잉 확대하거나 파토스를 가능한 드러내지 않는다. 황정산 시인은 여느 시인들처럼 시인이 곡비哭婢라고 말하지 않는다. 타인을 대신해 수동적으로 울기보다는 말할 수 없는 것을 말'하는' 발화의 수행성이야말로 소수성의 언어적 실천이자 창조적, 혁명적 생성이 아닐까. 시인들은 꽃잎 하나에서 온 우주를 노래하고, 떨어지는 나뭇잎 하나에 전생과 이생과 다음 생의 의미까지도 부여하는 자들이다. '뭇' 시인들에게 "한 송이 국화꽃"(서정주)은 그야말로 저절로 피는 법이 없다. 손가락에 박힌 작은 가시 하나로도 우주의 몸살을 앓는 어쩌면 시인은 침소봉대針小棒大와 엄살의 달인이다. 그러나 황정산 시인에게는 사사로운 통증에 대한 엄살이나 우주 만물과 자연 섭리에 대한 과장된 제스처가 없다. 시인은 외려 냉철한 시, 논리적인 시, 뒤틀고 비트는 시, 질문하는 시를 실험한다. 우주 만물의 생성에 대한 경탄을 노래하기보다는 직접 능동적인 생성'하기'와 독자의 생성'하기'을 유도하고 실천하는 실험적 글쓰기를 시도한다.

그 교수는 그 판사를
석궁으로 죽이지 않았다
모든 것들이 안 만들어져
사라진다

말은 말이 되지 않고

말이 말은 된다

　시인은 2부의 시편들에서 대상에 대한 논리적인 비판과 허를 찌르는 성찰, 언어에 대한 객관적이고도 과학적인 시선, 언어와 글쓰기 자체에 대한 객관적 질문과 탐색들, 쓰기에 대한 양가감정과 자의식 점검과 검열, 잉여/흔적/얼룩/소멸, 은폐되거나 사라지는 것들에 대한 소환과 애도 등을 보여준다. 독자들이여, 이쯤에서 시인이 제시한 다음의 시편들을 읽고 (비)논리적인 문제들을 풀어보거나 딴죽걸기, 숨겨진 명령어들 찾기, "말이 말이 되지 않고" "말이 말은 되는" 비문非文보다 더 비문에 가까운 상황들을 주변에서 찾아 예시를 들어보기와 같은 독후 활동에 직접 참여해보는 것은 어떨까. 비문으로 시 써보기, 통사 가로지르기, 이 또한 횡단이고, 탈주이고 생성이 될 수 있다. 질문의 오류를 찾거나, 독자인 당신이 쓴 모자의 색깔을 알아맞혀 보라. 우리는 모두 시인이 「어려운 시」에서 제시한 문제에 등장하는 맹인이거나 청맹과니이거나 보이지 않는 감옥에 갇힌, 사형수일 수 있다.

　시가 어렵다고?
　그래서 외면받는다고?

〈

일단 쉬운 문제를 풀어봐

(중략)

아니야 쉬운 것은 없어

만약 있다면 그것은 들추기 힘든 모자 밑에 감추어져

있어

그래서 답이 뭐냐고?

어려운 시를 읽듯 다시 천천히 생각해 봐

쉽지는 않아

– 「어려운 시」 부분

4. 사라지면서 살아지는 존재들을 이야기 '하기'

둔중한 것들이 용적을 비우고

차지하는 것들이 바람에 실리고

불리웠던 것들이 이름을 감추고

사라진다

그렇게 살아진다

– 「사라지다」 부분

시인은 아무도 기억하지 않는 사라지거나 버려진 하찮거나 가벼운 (비)존재들을 불러와 시詩, 시집詩集이라는 형식의 "거푸집"에 다시금 소환하여 담아내고 그 형상들을 다시 살려내고 불러낸다. 시인은 잊혀진 존재들을 기억해내고, 더러는 아직 오지 않은 것들까지도 그것들을 기꺼이 '지금 여기'로 불러내어 살려내기와 애도하기, 도래하기를 종용하기를 동시에 시행하는 존재이다. 그러나 역설적으로 "용적을 비우고" "사라지"고 사라져간 모든 것들이 지금에 남겨진 우리를 결국에는 살게 하고 "살아지"게 하는 존재들임을 시인은 일깨운다. 도마, 거푸집, 어처구니, 생선 궤짝, 와리바시(나무젓가락), 바지랑대, 솥, 식탁, 널배, 종이컵 등 우리가 사용하고 아무렇게나 방치하거나 폐기하는 일회성의 물품들, 또는 오래전에는 분명하게 있었지만 지금은 행방조차 알 수 없는 고물들, 유물들, 이전의 가치들을 상실한 채 버려진 녹슨 솥이나 낡은 도마 같은 오래된 집기들, "따위"로 불리우는 쓸모없는 것들을 시인은 다시 호명하고 불러낸다. 시 '쓰기'는 이처럼 사라지고 잊혀진, 즉 없음의 있음을 증명하는 아이러니한 의식이 아닐 수 없다. (비)존재들을 시인을 기꺼이 이번 시집에서 기억해내고 상기해내고 형상화해 낸다. 사라진 존재를 입증하는 방법은 그것/그/그 일에 관하여 진술하기와 이야기하기 결국에는 '쓰기'로서의 '하기'밖에는 없다. 더러는 구

134

체성과 핍진성으로, 더러는 암시와 함축으로 시인은 말할 수 없는 것들을 이야기하고 말한다. 그러나 시인의 이야기하기의 방식은 소설가, 신문기자, 역사가와는 다르고 응당 달라야만 한다. 그런 의미에서 시인과 시집과 시는 모두 이야기하기와 말하기의 '거푸집'으로 제유될 수 있다. 거푸집은 이야기를 담는 형식도 되지만, 내용을 담고 머금고 완성(형상화)시키는 과정 자체를 의미하는 공간이면서 시간을 내포하기도 한다. 다시 말해 시집詩集은 시를 품고 있는 또 다른 거푸집, 즉 거푸집들을 껴안은 또 다른 거푸집으로 기능한다.

시는, (비)존재들, 유령들, 비체들 망각되거나 버려지고 잊혀진 그것들을 담아내는 새로운 용기勇氣이자 용기用器가 되고, 매번 새로운 거푸집이 되어 새로운 텍스트를 독자들 앞에 생경하게 펼쳐놓는다. 당신의 새로운 독서가 새로운 텍스트를, 새로운 거푸집을 완성할 것이다. 거푸집이 기억하는 거푸집, 거푸집이 재현하는 거푸집은 흔적이면서 현존을 드러내는 부재하는 것들을 불러오는 매개체가 되고 기억이 아닌 실재實在가 된다. 그 모든 사라진 거푸집들도 그러나 거푸집이라는 보통명사가 아닌 원래는 이름을 가지고 있었고, 저마다의 꿈을 가지고 있었고, 그들에게도 가족과 국적이 있었다. 처음부터 "거푸집"이나 "거시기"라고 불리지는 않았을 '진짜' 거푸집의 이름과 국적과 행방

을 찾아서 불러주는 것도 이제 시인의 손을 떠나 당신의
몫이고 우리의 몫이다.

> 흑단과 마호가니도 아니고
> 삼나무나 편백이 아니라 해도
> 그들도 이름이 있었을 것이다
> 와꾸나 데모도라 불리기도 하지만
> 응우옌이나 무함마드라 불러도 상관없다
> (중략)
> 하지만 그들도
> 타이가의 차가운 하늘을 찌르거나
> 우림의 정글에 뿌리내려 아름드리가 되길 꿈꾸었으리라
>
> 오늘도 도시를 떠받치던 불상의 목재 하나가
> 비계 사이에서 떨어지고 있다
> 이제 국적과 이름이 밝혀질 것이다
>   ─「거푸집의 국적」 부분

　　시적 주체는 "그들도 이름이 있었을 것이"라고 진술한
다. "와꾸나 데모도라 불리기" 이전에 "응우옌이나 무함
마드"라고 불렸을 그들의 이름과 국적은 상실되었다. 단
지 불법체류자이거나 이주민이거나 난민이거나, 어쩌면 그

들은 서류상 세상에 없는 존재들일 수도 있다. 시인이 노래하는 이들이야말로 소수자 중에서도 소수자일 것이다. 지난밤 안전사고의 '사망자 수치'로만 기록되고 지워지는 비루한 존재들. 이름 없이 지워진, 사용 가치로만 수명을 다하고 증발한 존재들이 지금 여기의 우리를 있게 하는 원천임을, 시적 주체는 되새긴다. 그들이 우리의 아버지이고 할아버지이고 앞선 세대들이었음을 시적 주체는 망각하지 않고 일깨우듯이 이야기한다. 이야기하기는 이렇게 각성하기이며, 소수자의 소수성을 드러내는 탈주선의 한 방식이 된다.

> 궤짝은 궤짝이 아니었다
> (중략)
> 그때 사람들은 생선 궤짝을 알아보았다
> 잊고 싶은 이름을 불러주었다
>
> — 「생선 궤짝의 용도」 부분

그럼에도 불구하고 모든 "거푸집"과 "궤짝"들은 원형의 꿈을 기억한다. 시인 또한 작고 하찮고 가벼운 기억일망정 그것들을 '기억'하고 기리며 애도하는 존재이다. "반타 블랙"의 자장들에 흡수되어 은폐되거나 망각되어 버린 역사적 사실들, 진실들과 존재들, 쓸모를 다 한 채 버려진 비체들을 시인은 언어를 통해 되살린다. 그러므로 시는 거푸집을 품는 거푸집이다. 과거의 묻혀진 진실들과 의미들을 기억해내고 지금 여기 현재로 불러와 되새기는 일은 결국 더 나은 미래를 위해서이다. 우리가 시를 쓰고 시를 읽는 이유 또한 그러하리라. '사라짐'으로써 우리를 "살아지게" 하는 존재들, 지속을 지속하게 하는 이 존재들, 이 존재의 부재, 부재의 현존을 당신은 아는지 시인은 묻는다. 우리는 그들을 어떻게 기억하고 무어라 이름을 불러주어야 할까. 시에서는 외국인 노동자, 민중 등 하위 주체들에 대해 이야기하고 있지만, 정작 중요한 건 그들 자신에게도 직접 말하는 입, 말할 수 있는 입이 주어져야 할 것이다. 시인은 그러한 사라진 입들, 틀어막힌 입들을 대신해 발화한다. 명백히 "너는 있었다"고, "너의 이름을 다시 불러" 기꺼이 "너"의 알리바이와 행방과 신원을 "증명"하고자 한다.

> 그래서 너는 있었다
> 함께했다는 사실만으로 부끄러운 소문이 되는
> 너의 있음을
> 너의 이름을 다시 불러
> 증명한다
>
> ―「와라바시의 알리바이」 부분

시인은 신은 아니지만 적어도 아담 정도의 기능은 한다. 존재들에 이름을 지어주고 찾아주고 불러주는 존재가 바로 시인이기 때문이다. 김춘수의 「꽃」을 떠올리지 않더라도 (비)존재는 내가 그의 이름을 불러주었을 때, 그는 나에게로 와서 비로소 하나의 의미를 지닌 존재로 탄생하기에 이른다. 암흑 속에 갇힌 미명의 물질은 나에게는 아직 보이지도 않고 만져지지도 않는 즉 현현하지 않은 미지의 무無 그 자체일 뿐이다. 내가 "기억을 더듬고/주변을 둘러보면" 너는 그제야 내 앞에 나타난다. "너의 있음"은 내가 "너의 이름을 다시 불러"주었을 때 "증명"될 수 있다. 고로 너의 "있음"과 "없음" 사이에는 기꺼이 너의 이름을 기억하고 되살려 부르는 일, 즉 '호명'이 있어야 한다. 죽어있는 것들, 사라진 것들, 잊혀진 것들, 은폐되거나, 폐장된 것들, 폐기되거나 처분되거나 소멸된 것들, 익명의 존재들을 불러내어 하나하나 호명하는 자가 바로 '시인'이다.

5. 에필로그 : 동사動詞의 시, '따위'들의 '쓰기'와 이동 '하기'

시인은 계속해서 지배적인 질서들을 깨부수고 "넘어서야 하는" 불온한 존재이고 불온한 존재여야 한다. 시인이 쓰는 시, 언어 또한 끊임없이 그 관습과 경계를 허물거나 넘어서서 불화를 추구해야만 한다. 이해를 돕기 위해 다소 이분법적으로 말하자면, 시인에게는 명사의 시가 있고 동사의 시가 있다. "넘어서는 시", 불온성의 시, 소수 문학으로서의 시는 당연히 동사動詞의 시이다. 황정산 시인의 시는 명사의 시가 아닌, 동사의 시, 변이와 변주를 감행하는 역동의 시, 생성의 시를 지향한다. 5부의 시편들은 동사들의, 동사들에 의한, 동사에 관한 시들로 구성되어 있다. 14편의 시들이 저마다 동사를 제목으로 달고 있다. 13개의 동사들을 포괄하는 상위 동사는 단연 "쓰다"이다. 그러나 이 "쓰다"는 "빨다"로도 호환될 수도 있음에 유의해야 한다.

　　　따위를 위해 역사 따위를 세우지 않으려고 따위를 말하
　　여 따위 위의 따위가 될 수 없기에

　　　이런 따위를
　　　쓴다

　　　　　　　　　　　　　　　　　　　　 － 「쓰다」 부분

　　　다만 몸을 빨아 죽음을 기록한다
　　　(중략)
　　　그가 빤 것들이 엉겨 글자가 된다

아니 빻아져 글자가 되지 못한다

– 「빻다」 부분

    작가에게 "쓰다"라는 동사는 곧 '움직이다'로 호환되지만 "빻다"로 호환될 수도 있다. "빻다"는 "쓰다"처럼 과정이면서 결과를 동시에 함의하는 동사이면서 서술어가 된다. 앞서 살펴본 '블랙' 연작의 시편들뿐만 아니라 5부의 동사의 시편들에도 이처럼 '글쓰기'에 대한 메타적 사유가 곳곳에 드러나 있는 것을 알 수 있다. 결국 "따위"들의 글쓰기, "따위"들의 "따위"적인 언어야말로 소수성의 언어, 소수자의 글쓰기가 아닐까. 이러한 동사動詞 연작의 시편들 또한 시인에게는 일련의 탐색과 실천, 탈주와 생성을 위한 새로움을 지향하는 멈추지 않는 언어적 실험이자 실천, 즉 '혁명적인 것'을 '하기'와 '말하기'의 이행이 아닐까.

    시인이 던지는 질문들, 명령어들, 수수께끼 같은 시편들에 독자들은 얼마든지 다양한 해석과 답변과 반박을 새롭게 내놓을 수 있다. 이 시집은 잠겨 있는 형식으로 열려 있다. 『거푸집의 국적』은 독자인 당신들이 거푸집 안으로 들어와 거푸집을 깨부수고 거푸집을 탈주할 때, 비로소 도달할 수 있는 아직 오지 않은 잠재태의 시공간 안에 비밀스럽게 그러나 '능동적'으로 있다. 시집의 비밀번호는 오로지 독자인 당신만이 알아낼 수 있다.

미흡하고 부족한 필자의 해설이 시인의 첫 시집의 아름다움을 상대적으로 더욱 영롱하게 빛나게 했으리라는 말도 안 되는 변명과 함께, 시인의 "불량"한, 그러나 매혹적인 "불온과 불화의 기록들"이 언제까지나 더더욱 소수자의 편에서 소수적인 방식과 소수성의 언어로 이어지길 기원하면서 이 글을 마친다.

상상인 기획시선 **5**

거푸집의 국적

지은이 황정산

초판발행 2024년 10월 15일 **2쇄 발행** 2024년 11월 15일

펴낸곳 도서출판 상상인 **편집주간** 황정산 **펴낸이** 진혜진

표지디자인 최혜원 **기획·마케팅** 전은빈 최유림 노혜림 정현수

책임교정 종이시계 **편집** 세종PNP

등록번호 제572-96-00959호 **등록일자** 2019년 6월 25일

주소 06621 서울시 서초구 서초대로74길 29, 904호

전화번호 02-747-1367, 010-7371-1871

팩스 02-747-1877 **전자우편** ssaangin@hanmail.net

ISBN 979-11-93093-69-6 (03810)

값 12,000원